text & reciting Xiinlvn

Galljari's dream

갈리아리의 꿈

글·낭독 신린

- 🎧 1) 바싹 마른 공기의 냄새
- 2) 통 안의 뇌
- 🎧 3) 우리의 과거가 과연 과거였을까
- 4) 고양이
- 5) 기다림
- 6) 여정
- 7) 아이들
- 8) G10355
- 9) 59년
- 10) 붉은 냄새
- 11) 개와 늑대의 시간
- 🎧 12) 감상적이야
- 13) 고대 지구
- 14) 갈리아리의 꿈
- 15) 하나 그리고 둘
- 🎧 16) 기억을 모으다
- 🎧 17) 조절장치
- 18) 꿈의 입구
- 19) 기본 수칙
- 20) 갈리아리

1) 바싹 마른 공기의 냄새

바싹 마른 공기의 냄새가 그의 콧속을 자극한다.
대기가 건조해서 모든 생명들이 시들거리는 듯하다.
이렇게 넓은 바다가 행성의 70퍼센트를 감싸고 있는데
이렇게까지 건조해질 수 있다는 것이 놀라울 따름이다.

건조한 공기 냄새.
그는 습한 것보다는 건조한 대기를 좋아하긴 했지만
이렇게까지 바싹 마른 공기는
그 조차도 당황스럽다.
너무 건조해서
누군가와 옷깃만 스쳐도 스파크가 일 것 같다.
행성의 책임자가 긴급명령을 내리기에 이르렀다.
대기가 지나치게 건조해서
마찰로 인한 화재와 사고 위험이 높으니
타인과의 접촉을 최대한 피하고
집 밖으로 나오지 말 것과
인화성 물질은 공기에 노출되지 않도록
관리하라고 말이다.

이 행성에서 '나'는 어느 정도 견뎌낼 수 있을까.

바싹 마른 공기의 냄새는 희미하지만
단단한 알갱이를 지니고 있어
자칫 내상을 크게 입을 수 있다.
그저 유난히 건조한 공기라고만 생각하고
대수롭지 않게 넘겼다가는
눈에 보이지도 않는
아니, 크게 크게 확대해도 눈에 보일까 말까 한
그 단단하기 그지없는 알갱이들 때문에
콧속이, 장기가, 피부와 근육이 손상되는 것이다.
먼저 임무를 수행했던 행성에서
우리는 그렇게 어이없이 '바싹 마른 공기'에 당해 버렸다.
기억이 가져다주는 달갑지 않은 선물에
두려움이 증폭된다.
안 된다.
이렇게 나약해져서는 안 된다.
행성의 대기를 바꿀 수 없으니
이 냄새를 지워버릴 조치가 필요하다.

그리고 지란은 정신을 잃고 쓰러졌다.
이번에도 '우리'의 승리이다.

2) 통 안의 뇌

1

탁자 위에는 신선한 흰 거품이 올라앉은
맥주 한 잔이 놓여 있다.
별 생각 없이 그는 잔을 들어 올려 한 모금 깊이 마시고는
짜릿함에 미간을 찌푸린다.
얼마 만인가, 이렇게 여유있는 시간을 보내는 것이.
한적한 공원에서 푸른 하늘을 바라보며
초록 잔디 위를 뛰어다니는 어린 아이들은
더없이 천진해보이고
아이들을 데리고 나와 모처럼 숨을 돌리는
여자들의 얼굴은 편안해 보인다.
그 어떤 위험이나 그 어떤 방해 요소도 눈에 뜨이지 않고
평온이라는 단어를 그림으로 그린다면
아마도 이 장면이 되지 않을까 싶다.

그는 숨을 크게 들이 마신다.
눈을 감고 얼굴로 쏟아지는 따스한 햇살을 받아들인다.
마음이 점차 놓이고 몸이 점차 나른해진다.
머릿속에는 이런 저런 생각들이 천천히 지나가며
그에게 꼬리를 흔든다.
이 생각을 잡아서 당겨볼까,
이건 어떨까.
이걸 잡아당기면 어떤 기억들이 줄줄이 나올까.
그는 천천히 생각들을 훑기 시작했다.
그러다가 기억 하나에 생각의 손가락을 고정했다.
그 기억의 조각은 오늘, 지금과 비슷한 풍경이다.
어라, 이건 내 기억인가? 지금의 경험인가?
지란은 살짝 의심을 품는다.
단지
'파란 하늘과 초록색 잔디와 맑은 공기와
멀리서 들려오는 아이들의 까르르 웃는 맑은 웃음소리와
아이들을 바라보는 여자들의 흐뭇한 미소'로 저장된
이미지와 지금의 풍경이 비슷해서만이 아니다.
탁자 위의 맥주 한 잔,
한 모금 마실 때의 시원한 짜릿함
그리고 얼마 만에 느껴보는 여유인가를
온 몸으로 받아들이며 있는
힘껏 나른해진 자기자신이
낯선 듯 친밀하다.

2

아아… 꿈이었나.
그는 잠시 멍한 상태가 되어 천장을 바라보았다.
그렇지.
이 회색빛 도시에 그렇게 푸른 하늘을 볼 수 있는 곳이 어디 있다고.
그는 천천히 몸을 일으킨다.
시계를 보니 적당한 시간에 잠을 깼다.
알람이 막 울리려는 순간
그는 알람을 끄고 샤워실로 들어간다.
따뜻한 물줄기 아래 온 몸의 힘을 풀고 서서
오늘의 일정을 하나하나 짚어 본다.
오늘이라고 다를 건 없다.
늘 비슷한 일정이 그를 꽉 잡고 있으니까.
아, 오늘은 다른 일정이 하나 더 있다.
새로운 클라이언트와의 미팅을 해야 한다.
우리 회사의 사업이 꽤 마음에 드는 눈치이고
그 쪽에서 이미 많은 조사와 준비를 한 것 같으니
적당히 기분을 맞춰주고 너무 밀리지 않는 선에서
계약서를 작성하면 된다.
하지만 어쨌거나 낯선 사람을 만나는 것은 긴장이 된다.
그 누구라도 그럴 것이다.

각자의 공간에서
각자의 일정에 따라 일을 하고
각자의 시간을 보낼 각자의 곳으로 돌아가는 우리들이기에
누군가를 직접 대면하는 것은
일상적이지 않은 일이기도 하고
피곤하고 유쾌하지 않은 일이기도 하다.
어쩌겠어.
그럼에도 불구하고 아직도
'얼굴을 맞대고' 일을 처리해야
마음이 놓인다는 사람들이 꽤 있는데.
'그리고 바로 그런 사람들을 위해 우리 부서가 존재하기도 하는 걸.'
출근 준비를 마친 지란은 가방을 들고 집을 나섰다.
엘리베이터를 타고 지상으로 올라가 무의식적으로
하늘을 바라보았다.
회색으로 덮인 흐린 하늘이
그의 꿈 속 푸른 하늘을 비웃는 듯
고개를 빳빳이 들고 있다.
흥. 역시 회색 하늘이군.
엷은 회색인지 진한 회색인지의 차이만 있을 뿐
파란 하늘을 구경하는 일은 드문 일이 되어 버렸으니 ….

3

순간 그는 잠에서 깨어났다.
멀리서 들리는 아이들의 재잘거리는 소리와
나른하게 쏟아지는 햇살이 그의 얼굴을 간지럽히고 있었다.

#4

지란은 바로 그 '뇌'를 보고 있다.
요즘 들어 빈번하게 오류가 나서 지란의 마음은 어지럽다.
수치상으로는 문제가 없다.
통을 채운 화학물질의 성분과 양, 배율도 문제가 없고
뇌들에게 공급되는 영양분도 이상이 없다.
그런데 최근 통 안의 뇌들에게 이상 징후가
자꾸만 나타나고 있다.
그 때문에 지란의 마음은 어두워지고
지란의 얼굴은 굳어지고 있었다.
이대로 가다간 이 뇌도 폐기처분해야 할 것 같다.
이번 달 들어서만 벌써 1,539개가 처분되었다.
수십억개의 뇌를 관리하는 지란의 연구소이니
일회량으로 볼 때는 그리 유의미한 수치가 아니지만
*-실제로 매 달 수백개 정도씩은 오류로 인해
처분되곤 했다-*
1년여 전부터 지속적으로 이상반응을 일으키는 뇌가
늘고 있는 것은
결코 좋은 징조가 아닌 것이다.

지란은 한숨을 쉬었다.
이렇게 비정상적인 뇌파를 그리는 뇌들은
스스로 생각이라도 하는 듯하다.
마치 기억을 더듬는 것처럼,
무언가를 결정하고 행동이라도 할 것처럼.
실제로는 통 속에 갇혀
화학물질로 이루어진 용액 속을 둥둥 떠다니며
에너지를 공급하는 역할을 하는 것 외에는
아무것도 할 수 없는 주제에.
바로 그 점이 지란의 마음 한구석을 찔러댔다.

3) 우리의 과거가 과연 과거였을까

우리의 과거가 과연 과거였을까.

4) 고양이

고양이를 집어 던져
그 아이가 너의 열쇠야!

5) 기다림

- 왜 이제 왔어?

그녀의 얼굴은
약간의 원망과 많은 안도와 쓸쓸함과 회환과 사랑을
동시에 드러내고 있다.

- 미안. 길을 좀 헤맸어.

아직도 푸릇한 청춘인 남자의 얼굴과
이제는 탄력을 잃어가는 피부와 흰 머리카락이 듬성듬성
보이는 여자의 얼굴이 마주 본다.
아무리 마음이 엮여 있다 해도
이제 두 사람 사이의 시간이 너무 멀어져 있어
건너기에는 무리가 있음을 깨닫는다.
여자는 슬프지만 어쩔 수 없음에 마음을 닫고
남자는 이토록 늦게 온 자신을 책망하지만 어찌할 바를
모르고 발길을 잡는다.

오래 기다려 온 여자와
오랜 시간과 노력을 들여 여자를 찾아낸 남자이지만
이제는 더 이상 어찌할 수 없음을
둘은 깨닫는다.

6) 여정

말 열 필.
사람 셋.
운반할 아이들은 일곱.

지란은 되뇌고 또 되뇐다.

용해된 아이들이 곧 도착할 시간이다.
밤의 어둠을 틈 타
우린
아이들을 국경 너머로 운반해야 한다.
아이들 가족들의 바람을 담아 소망을 담아
아이들의 안전을 위해
우린 이 일을 한다.
가장 빠른 속도로
가장 은밀하게
안전을 최우선으로.

7) 아이들

밤을 지나 아이들은 그곳에 도착했다.
그들이 부르는 소리를 따라
그들을 이끄는 마음을 따라.

8) G10355

지란은 또 그 꿈을 꾸었다.
밝은 달빛 아래 또래 아이들과 마을에 도착하던 날,
밤공기는 따스했고
두런거리는 말소리는 다정했으며
그들을 간내해 마을로 데려간 어른들은
말간 얼굴을 가진, 친절한 사람들이었다.
자작나무로 둘러싸인 고요한 숲은
아이들을 외부로부터 보호하고 감싸주었으며
아침마다 방의 창틀에 걸터앉아 재재거리는 작은 새들은
고개를 갸웃거리며 아이들을 구경하곤 했다.
눈꺼풀을 간지럽히는 햇살은 부드러웠고
숨을 크게 들이쉴 때면 숲의 냄새가 몸 속 깊이 들어와
무엇인지 모를 용기로 꽉 채워주곤 했다.
아무 걱정도 없었고
작은 호기심은 주위의 누군가로부터 곧 충족되었으며
크고 작은 필요들은 원하기도 전에
이미 구비되어 있고는 했던 시절.
누가 그들을 그곳으로 데려갔는지 들은 바 없고
왜 그들이 선택되었는지 알 수 없지만
십 년여에 걸친 수업과 훈련은
지란과 동료들이 하나의 목적을 향해 움직일 수 있는 동기를 부여해 주었고
하나의 뇌와 하나의 몸으로 이루어진 유기체처럼 움직일 수 있도록 만들어 주었다.

그런데, 그 꿈은 정말 소년 시절의 기억에서
발현된 것일까.
아니면 자신의 과거가 그랬으면 좋겠다는
내면의 바람이 무의식의 도움으로 구성한
환영인 것일까.
곰곰이 생각해보지만
어찌된 일인지 지란의 기억은
뭉뚱그려지고 희미해진 채
자신의 소년시절에 대한 명확한 이미지를
보여주지 않는다.
언제부터인가 반복적으로 꾸는 이 꿈은
그렇다면 어떤 기제에 의한 것일까.

'뭐, 아무래도 상관없지만 말이다.'

지란은 몸을 일으키기 전
머리끝에서 발끝까지의 상태를 점검한다.
이상이 있는 곳은 없는지
어제보다 무겁거나 가벼운 부분은 없는지
신체기능은 원활하게 돌아가고 있는지
온 신경과 온 마음을 동원해서
몸의 구석구석에 집중한다.
크게 신경 쓸 만한 부분은 없다.
이제 가볍게 몸을 한 번 펴보고는 몸을 일으킨다.
기상알람이 울리기 5분 전.
오늘도 어김없다.
슬리퍼를 발에 꿰고
지란은
창문으로 다가가 커튼을 젖힌다.
아직은 생소한 풍경 그러나 곧 익숙해져야 할 풍경.

'이제 곧 나는 저 풍경 속으로 들어가야 한다.'

지금까지는 두세 명의 동료들과 함께
임무를 행해왔지만
이번 임무는 지란 혼자여야 한다.
그만큼 경험치와 우수한 수행 결과가
쌓였다는 반증이다.
그런데 크게 어려울 것은 없어 보이는 이번 임무가
왠지 내키지는 않는다.
지금까지 행한 크고 작은 임무 중에
이렇게 내키지 않는 경우는 처음이지만
그에게는 거부할 권한도 없고 핑계도 없다.
앞으로 사흘.
그 동안 눈앞에 가상으로 펼쳐지는 저 우주에
더 익숙해지도록 노력해야 할 것이다.
카티오족이 있는 곳.
몰글들이 부족의 모든 것을 좌우하는 곳.
지란의 우주와는 꽤 다른 그 곳.

무심코 한 숨을 쉬다가 지란은 깜짝 놀란다.
건물 입구 쪽에서 수선스러움이 느껴지더니
관리직 몇 명이 달려간다.
긴장과 혼란의 냄새가 스윽 풍겨와
지란은 콤을 움찔거리고 미간을 찌푸린다.

그 냄새는 소년 시절의 어느 날을 떠올리게 만든다.
아직 본격적인 훈련에 돌입하기 전,
함께 달빛을 받으며 마을에 도착한 아이들과
기초 교육을 위한 장난감을 가지고 놀고 있던 지란은
그 냄새를 처음 맡았다.
당혹감의 냄새.
다른 아이들은 아무런 반응을 보이지 않았지만
그는 그 냄새를 맡았다.
음묵과 함께.

두 소년은 처음 맡아보는 냄새로 인한 충격보다
다른 아이들이 그 냄새를 맡지 못한다는 것에
더 큰 충격을 받았고
그 냄새가 무엇을 의미하는지 알게 된 뒤에는
마음이 더 무거워졌다.
그 냄새는 자주 맡게 되어서는 안 되는 것이었다.

지금 그 냄새가 난다.

3개월 전에 임무를 위해 떠났던 음묵이
돌아오지 못했다.

관리직원들은 그의 미귀환을 신속히 처리하고
후임을 보낼지 말지 결정하기 위해 머리를 맞대고 있다.
음묵이 갔던 우주는 어떤 곳이었을까.
지란은 막연하게 자신이 가게 될 우주와
음묵이 미귀환된 우주를 겹쳐 보다가 머리를 흔든다.
안 돼.
그런 일이 있어서는 안 돼.

9) 59년

그리고 깨어나면 59년 후일 테니!
이별은 서운하지만

10) 붉은 냄새

#1

붉은색 냄새가 나는데.
긴 침묵 끝에 아니사가 말했다.
평소와 다름없는 깊은 눈동자로
표정의 변화 없이 말했지만
우리는 아니사의 말이 주는 의미를 깨닫고
한기를 느꼈다.

#2

음묵은 유달리 냄새에 민감했다.
그 집에 도착한 지 얼마 되지 않았을 무렵
느닷없이
훅 끼쳐온 냄새가 음묵의 코를 자극한 순간
경험하지 못했던 이상한 느낌에 그는 몸을 떨었다.
누가 가르쳐주지 않아도
그런 것쯤은 알 수 있지 않은가.
본능적으로 위험이 감지되는 것,
의식이 미처 알아차리기도 전에
무의식이 알아차리는 경고,
무언가 좋지 않은 일이 생겼음을
온 몸이 느끼는 것.

그 냄새를 맡은 것은 그와 지란뿐이었다.
그것이 그에게는 날카롭게
눈을 찌르고 지나가는 빛과 같았다.
그 사실이 그 경험이 그 사건이
그와 지란을 묶어버렸다.

아주 어릴 때부터 그는 안티크톤을 알고 있었다.
누가 가르쳐 주었는지
아니면 어른들의 말을 흘려들은 것이
뇌리에 남은 것인지는 모르겠지만
그에게 카운터 어스의 존재는 갈망의 대상이 되었다.
그곳에는 어떤 사람들이 살고 있을까,
그곳은 어떤 풍경을 가지고 있을까,
그곳은 나의 지구와 똑같은 것일까
아니면 그곳은 나의 지구의 그림자일 뿐일까.
그리고 어느 날 밤 달빛을 따라
다른 아이들과 함께 도착한 그곳에서
음묵은 안티크톤이 자신의 운명임을 깨달았다.
그곳이 실재하는 곳이든 그렇지 않든,
그곳에 갈 수 있든 없든,
그곳이 실체이든 환영이든 간에
자신은 분명히 그곳에 도달하리라는 것을 깨달았다.

안티크톤은 이상한 곳이다.
아니, 단 한 군데도 이상한 곳이 없는 곳이다.
나의 지구와 다를 바가 없지만
이곳은 나의 지구가 아니다.
이곳에 어떻게 온 것인지 나는 알 수 없다.
나를 운반한 것은 엔지니어들이고
내가 이곳으로 보내진 것은
고위관리들의 뜻 때문이며
나의 의지나 나의 심리 따위는
아무런 관련이 없다.
그저, 나는 나의 운명대로 이곳에 오게 된 것이다.
이곳에서의 나의 임무는
하잘 것 없는 것들이다.
나의 지구와 다를 것이 없는 곳이니
나의 지구에서 하던 대로
'살아가는' 것 뿐.
도대체 이것이
임무라고 부를 수 있는 것이라면 말이다.

나는 나의 지구를 떠올린다.
내가 떠나온 그곳에 나는 남아 있을까,
아니면 나는 나로서 이곳에만 존재하는 것일까.
나의 임무는 언제 마쳐지고
나는 어떻게 나의 지구로 돌아갈 수 있을까-.
이곳으로 보내진 것처럼
나의 지구로 나를 돌려 보내줄 누군가가 나타나기를
기다려야 하는 것인가.
끝없이 머릿속으로 비집고 들어오는 질문들이
저희들끼리 뭉쳤다 흩어졌다를 반복하면서-
불안과 초조, 느긋함과 일말의 포기 사이를
왔다 갔다 하게 만들고 있다.

11) 개와 늑대의 시간

소년들의 노랫소리가 솜털처럼 부풀어 오르다가
연기처럼 공중으로 풀어진다.
통통한 볼을 가진 어린 소년들이 부르는 노래는
마음의 요동과 몸의 떨림을 진정시킨다.
몸과 마음이 안정되면서
지란은 소년들의 노래를 잡으려고
허공으로 손을 뻗는다.
소년들의 소리는 아직 얇고 약해서
아주 조심해서 잡지 않으면
손가락 사이로 빠져나가 버린다.
부드럽게 섬세하게 치밀하게 잡아야 한다.
지란의 손에 노래 한 소절이 잡혔다.
이 노래를 부른 소년은 크림색이다.
지란은 그 색이 마음에 든다.
크림색 소년의 크림색 소리, 크림색 노래.
지란은 제 손안에 잡힌 크림색을
오래도록 들여다본다.
눈이 시어지고
목이 뻣뻣해지고
마음이 축축해질 때까지.

12) 감상적이야

우리는 사실 감상적이라는 것이 무엇인지 모른다.
구인류의 유산들이나 연구조사 결과들을 보면
감상적인 것에 관한 많은 설명과 자료들이 있지만
그것을 이해하기에는 어려움이 있다.
우리가 느끼는 감정과는 조금 다른 것 같고
이해하는 것과는 차이가 있으며
감각과는 거리가 있다.
우리는 수 세기 동안
구인류의 '감상적'이라는 것이 대체 무엇인지
의문을 품고 생각해왔지만
그 누구도 이런 것이다, 라고 섣불리 결론짓지 못했다.
하긴 누군가가 감상적이란 이런 것이라고
학술적인 판단을 내리고
그것이 정설로 받아들여진다 해도
그것이 맞는 것인지에 대한 기준을 우리는 갖고 있지 않기에
감상적이라는 것은 그저 각자의 머릿속에서
추측하고 상상하는 것 이상이 되지 못했다.
엘크156호가 견해를 내놓기 전까지는.

어쨌든 구인류의 후손은 전혀 남아있지 않아서
이것이 정말 '감상적'의 맞는 정의인지 물어볼 수도 없지만
우리는 그렇게 정의하기로 한다.
오랜 세월에 걸친 구인류가 남긴 숙제 하나를 푼 기분으로
우리 모두는 '감상적인' 기분을 느꼈다.

13) 고대 지구

작렬하는 태양이 피부에 남긴 기분 좋은 화끈거림.
여름밤 해질녘에 불어오는 시원한 바람과
그 바람에 실린 사람들의 건강한 웃음소리.
딸그락거리는 식기들의 부딪힘.
햇살을 충분히 받고 자라
신선한 영양으로 가득한 식재료로 만든 요리.
우리가 바라는 건 단지 이것 뿐.

그러나 지금의 지구는
더 이상 우리에게 그런 것들을
내어주지 않는다.
흩날리는 잿빛 먼지,
언제까지나 벗겨지지 않을 듯한
검은 구름으로 가득한 하늘,
귀를 예민하게 자극하는 고주파 음들….

이것이 우리의 지구이다.

14) 갈리아리의 꿈

1

나는 매일 길을 떠났다.
두 마리 말이 끄는 마차에 간단한 짐을 싣고.
출발은 언제나 경쾌했다.
가볍게 발을 떼는 말들도
새로운 곳으로 향하는 것이 즐거워 보였다.

날이 어둑해지고 그 여자가 또 언덕으로 가는 것이 보인다.
아직 태어나지 않은 그녀의 딸이
우리 위에 군림할 거라고 말하는 그녀.
하지만 우리 쪽도 만만치 않다.

아쉽게도 그녀가 언덕으로 가는 것은 나만 볼 수 있다.
우리 중 그 누구도 내가 손을 뻗어 가리키는 것을
보지 못했으니···.

#2

이것은 오래된 우리들의 전쟁.
아직 태어나지 않은 그녀의 딸을 둘러싼 우리들의 싸움.
우리 위에 군림할 아기를 기다리는 그들과
그 아기가 태어나는 것을 막으려는 우리들의 대립.

그들에게 언덕으로 오르는 그녀가 있다면
우리에겐 그녀를 볼 수 있는 내가 있다.

그녀는 매일 언덕을 오르고
나는 매일 두 마리 말이 끄는 마차에
간단한 짐을 싣고
경쾌한 출발을 한다.
날이 어둑해지면 그녀는 또 다시 언덕을 오르고
그녀를 발견한 나는
손을 뻗어 그녀를 가리킨다.

이것은 오래된 우리들의 전쟁.
아직 태어나지 않은 그녀의 딸을 둘러싼
우리들의 싸움.
우리 위에 군림할 아기를 기다리는 그들과
그 아기가 태어나는 것을 막으려는 우리들의 대립.

이것은 우리들의 오래된 이야기.
이것은 우리들의 미래이자 과거.
이것은 우리들의⋯.

15) 하나 그리고 둘

음묵이 말했다.

- 나는 하나야. 너는 둘이야.

지란은 그것이 무슨 말인지 몰라 당황스러웠다. 그 당황스러움에 결국 울음을 터뜨리며 말했다.

- 나는 왜 둘이야?

16) 기억을 모으다

휴우⋯.
기억을 그러모으는 일은 정말 힘들어.

퓨가 말했다.
인간들은 우리가 곁에 있는데도
쉴 새 없이 타인에 대한 험담과
별것 아닌 말들을 흩뿌린다.
늘.

그렇게 공기 중에 떠도는 말들과 정념들이 돌아다니다
포화 상태에 가까워져 누군가를
공격하는 일이 발생하지 않도록
우린 기억을 그러모으고 있다.
큰 조각들은 스거가 용이하지만
작게 쪼개지고 파열된 파편을 모으는 것은 쉽지 않다.
그리고 가장 마음 아프고 힘든 건
슬픔과 지침의 조각들이다.
이 조각을 던지지도 못하고
바닥에 내려놓듯 토해낸 영혼들은 얼마나 O·픈 걸까.
그런 조각이 잡히면
잠깐이지만
그 영혼을 위해 기도한다.

우리는 이런 노력을 하고 있다.

17) 조절장치

안되겠다.
조절장치를 가동해 잠시 감정을 놓아두기로 한다.
요즘은 우울감이 예고도 없이
불쑥 올라와 ㅓ려서 곤란하다.
깊은 소스팬을 준비해서 천천히,
약한 불에 소스를 졸인다.

18) 꿈의 입구

분명히 어제보다 입구가 단단해졌다.
알아차린 걸까.
자신의 꿈의 입구를.
지란은 조금 초조해진다.
무심코 마른 입술을 핥고
몸의 중심을 이리 저리 옮겨 본다.
지란은 생각에 잠긴다.
'분명히 여기가 맞는데.'
지난 수개월간 고생을 해서 간신히 찾아낸
프루삭의 꿈의 입구.
다른 사람과는 달리 오직 한 군데 뿐이고
여느 입구들보다 견고하며
눈에 잘 뜨이지 않는 곳이었기에
큰 성과가 아닐 수 없었는데.
이 성과로 조즈 내에서의 입지를
한층 굳힐 수 있었는데.

19) 기본 수칙

이 사람은 도대체 어떻게 생겨먹은 자인가.
기본 수칙을 저 대로 지키지 않은 직전 사용자 때문에
지란은 화가 많이 났다.
수칙에 따라 소독을 하고 청소를 하고
정리를 하고 나니
한 시간이 훌쩍 지나가 버렸다.
아직 식사도 하지 못했고
몸을 씻고 일정을 보고하고 나면
잠을 잘 수 있는 시간은 기껏 5시간 정도뿐이다.
남들보다 잠이 많은 그는
충분한 잠을 자지 못할 것을 생각하니 그만
우울해지고 만다.
하지만 이를 악물고 눈물을 들여보낸다.
얼른 할 일을 하고 1분이라도 더
잘 수 있게 하는 수밖에.

1기 시간대에서는 언제나 힘이 든다.
잠을 자도 늘 피곤이 가시지 않고
맛있는 것을 먹어도
둔해진 미각이 잘 느끼지 못한다.
몸이 둔해지고 말하는 것조차 귀찮아지기도 한다.
체화되어 있어 서투를 것 없는 일이기에
2, 3기 시간대에서는 절대 하지 않는 실수도
한두 번쯤 하게 된다.
같은 시간대에 배속된 동료들에게 말해보니
대체로는 어느 시간대이든지 상관없고
차이도 없다고 한다.

특히 이번 1기 시간대는 견디기가 힘들다.
특별히 병이 나거나 무슨 일이 있었던 것도 아닌데
그냥 힘들다.
수칙을 제대로 지키지 않은 사람 때문에
잠 잘 시간을 빼앗긴 것 자체가 힘겹다.
그 짜증과 화 따문에 몸과 마음이 또 무겁다.
무거워진 몸과 마음은 지란의 신경을 건드린다.
어서 1기 시간더를 벗어나기를 바랄 뿐
방법은 없다.

다음 1시간대의 8분절이 끝나갈 무렵,
지란은 회사에 도착한다.

20) 갈리아리

창밖으로 보이는 하늘은 우중충하다.
비가 내릴 듯 두꺼운 구름도 아니고
곧 갤 듯 흩어지는 구름도 아닌 구름.
그저 우중충한 구름을 한 번 쳐다보는 것만으로도
충분히 마음이 처진다.
막 잠에서 깨어난 그는 잠시 멍한 상태로
자기 자신을 내버려 둔다.
억지로 몸을 일으킬 생각은 없다.
굳이 정신을 빨리 차리기 위해
스스로를 괴롭힐 생각도 없다.
잠을 자는 동안 인간은 도대체 어떤 상태가 되는 것일까.
잠을 자는 동안 인간은
어떤 자아를 가지고
어떤 마음으로
어떤 세계를
헤매고 다니는 것일까.
깨어나기 직전 어렴풋이 꿈을 꾼 것 같은데
이미 부옇게 흐려진 꿈의 단면은
그에게 작별을 고하고
푹 사라진다.
아쉽다.
그 꿈이 자신의 기억 어딘가와
연결되어 있을지도 모른다는 생각에 목구멍이 차오른다.
나는, 대체 어떤 과거를 가지고 있을까.

그는 이제 몸을 일으켜 밖으로 나가기로 한다.
기억나지 않는 몽롱한 꿈의 한 조각 때문일까.
오늘은 기억칩을 하나 사 볼까 생각한다.
누군가들의 기억.
나도 그런 과거를 가졌을 수도 있다.
혹은 나에겐 그런 과거가 없을 수도 있다.

자신의 과거와 비슷할 수 있는 보편적인 누군가의 기억칩을
몇 번 사 본 적이 있다.
맨 처음 산 기억칩은 크리스마스의 기억이다.
작고 단출한 장식으로 꾸며진 크리스마스 트리.
주변에 놓은 선물꾸러미들.
후각을 자극하는 기름진 음식 냄새와
높은 소리로 재잘거리는 작은 세 아이들.
아버지의 안경,
어머니의 목걸이,
형제와 함께 받은 장난감 자동차,
예쁜 인형을 안고 기뻐하는 자매….
그 흐뭇하고 정겨운 기억에 하마터면 그는
눈물을 흘릴 뻔 했다.
이런 아름다운 기억이라니.
이 기억의 주인은 내내 행복하게 살았을까.
그는 왜 이 기억을 추출해서 팔았을까.
다른 사람에게도 행복한 기억을 나눠주고 싶었던 걸까.

이 소중한 기억이 자기 자신만의 것이 되지 않도록,
그는 일종의 자비를 베푼 것일까.
하지만 그 기억은 너무나 짧았다.
아주 오래 전 영화의 한 장면 정도 분량의 기억.
하긴 그 때 그가 가진 돈으로 큰 모험을 하지 않고
살 수 있었던 기억칩은
대체로 그런 정도의 분량과 내용뿐이었다.
아름답기는 하지만
수 십 번, 수 백 번 돌려볼 필요는 없는 기억.

두 번째 기억칩은 조금 더 개별적 경험을 담고 있었다.
그 기억의 주인은 아마도 연구원이었던 것 같다.
연구소의 정식 직원이었는지
교수의 연구를 돕는 대학원생이었는지는 모르겠지만
그 기억칩은 갖가지 용매와 용제, 물질들로 가득 차 있었다.
매우 학구적인 사람이었던 듯
비슷한 실험을 지루해하지도 않고 꾸준히 해 나가고 있었다.
아마도 그는 꽤나 성실하고 착실한 사람이었을 것이다.
이 기억은 20대의 기억이니
세월이 더 흐른 후 그는 분명 자신의 분야에서 공적을
내었을 것이다.
이런 류의 기억칩은 찾는 이가 그리 많지는 않아서
비싸지도 않았고
조금 더 특별한 사람의 기억을 알고 싶었기에 선택했던

칩이다.
이후 몇 번 더 기억칩을 사 보았는데
그 기억들이 실제 자신의 과거에도
존재할 수 있는 종류의 것인지 아니면
동떨어진 기억들만 구경한 것인지 알 수 없었던 그는
더 이상 타인의 기억을 자신과 동기화할 수 없어서
칩을 사는 것을 그만 두었다.
그리고 오늘 문득 흐릿한 하늘이 그에게
기억칩을 사라고 종용하고 있다.

가벼운 외투를 걸치고 거리로 나선 그는
천천히 발걸음을 옮긴다.
크게 바뀔 것 없는 풍경이지만
그래도 조금씩 거리는 얼굴을 바꾼다.
사소하지만 그에겐 중요한 일이다.
왜인지는 모르지만 그의 무의식은
언제나 주변을 의식하게 했고
무심하게 지나치는 타인들 사이에서
가끔씩 그는 작은 변화를 온 몸으로 느끼며
소스라치게 놀라기도 한다.
그 날도 그는 감각들을 살살 깨우며 걷고 있다.
모두 다 날카롭게 깨어있을 필요는 없겠지.
50퍼센트 정도의 민감도를 유지하며
그는 타인과 부딪히지 않도록 조심한다.

이렇게 감각을 깨운 날
누군가와의 접촉은 그에게 어떤 식으로든
깊은 영향을 끼칠 수 있기 때문이다.
그는 생각한다. 어떤 칩을 살까.
신중하게 고른 칩인데
그저 그런 기억이라면 실망스러울 테니.
조금은 독특한 경험,
조금은 소수의 사람들만 가질 수 있었던
희소성 있는 기억이면 좋겠는데.
가격은 조금 나가겠지만.

칩을 파는 상점들이 늘어선 거리.
그는 눈을 가늘게 뜨고 잠시 바라본다.
깔끔하고 밝은 느낌의 매장들.
저 곳에서 파는 기억칩들은 분명 사랑스럽고 뭉클하며
아름다운 기억들일 것이다.
그는 갑자기 피식 웃는다.
결국 내가 원하는 것은 저런 기억이 아니라는 거지.
그는 몸을 돌려 두어 블럭 떨어진 골목을 향해 선다.

저곳의 기억칩들이 탐나는 걸까, 나는.
주로 군인이나 암살자, 첩보원이나
신분이 드러나서는 안 되는 요원들,
정치인, 연구원, 격투인과 도살자 등의 기억칩이 있는 곳.

강렬하고 끔찍하고 비밀스럽고
아무나 가질 수 없는 경험을 가진 이들의 기억.
물론 이런 기억칩을 사고파는 것은 어딘가 꺼림직하다.
그러나 완전히 불법인 것도 아니어서
(물론 '불법'의 범주에 들어가는 기억들은
애초부터 추출되기도 어렵고
기억의 추출과 기억칩의 생산, 판매는
정부의 엄격한 관리 하에 놓여있다)
의외로 고객이 꽤 있는 편이다.
하긴 극한으로 자신을 몰아넣은
(몰아넣을 수밖에 없었던) 사람들의 고독과 쓸쓸함,
아픔과 처절함의 기억은
마음을 자극하는 힘을 가지고 있다.

어느새 그는 상점의 문을 열고 들어서고 있다.
그저 '가게'라고 쓰인 간판이 달랑 달려 있는 상점.
딸깍.
문이 닫히면서 초인종 역할을 하는 종이 딸랑거린다.
그와 동시에 그의 머릿속 어딘가에서 딸랑, 종이 울린다.
이곳에 나는 와 본 적이 있는 걸까.
백발이지만 안색이 좋고 골격이 좋은 주인이
희미하지만 단단한 미소를 띠고 그를 맞는다.
잠시 물끄러미 그를 바라보더니
주인은 몇 가지 기억칩을 꺼내 놓는다.

그는 칩에 달린 태그를 읽는다.
오래도록 질질 끌던 한 나라의 내전을 종식한
스나이퍼의 기억
역사에 남을 훌륭한 연설로 사람들을 사로잡았던
정치인의 기억,
나노 엘리베이터를 만드는데 결정적인 역할을 한
과학자의 기억,
유명인의 그림자로 살았던 한 영무자의 기억….

모두들 한 번쯤 나의 기억으로 삼고 싶긴 하지만
확실하게 마음을 잡아끌지는 못한다.
눈길을 돌리던 그의 시야에 검은 칩 하나가 들어온다.
다른 칩들과 달리 설명 태그가 없다.
그의 마음을 눈치 채고 주인이 나선다.

- 그건 조금 특별한 칩이죠.

 아니 사실은 그 칩에 담긴 기억이 사실이라고 생각하기
 어려운 부분도 있습니다.
 기억칩들은 실제 누군가의 기억의 일부를 추출한 것이어서
 그 기억이 아무리 낯설고 나와 동떨어진 것이라고 해도
 '우리 중 누군가'의 기억이라는 것을
 인정할 수밖에 없는 것인데
 이 칩의 기억은,

뭐랄까….
기억이 아니라 상상에 가까운 것이란 말입니다.
물론 저도 이 기억을 슬쩍 들여다보기는 했지만
낯선 기억이라고 얘기할 수밖에 없군요.
손님들에게 권해보기도 애매하고
처분하자니 어찌 어찌 제 손에 들어온 것이라
그것도 인연이라고 생각되어서
그냥 놓아둔 것이랍니다.

상점을 한 바퀴 둘러보고 그는 문고리를 잡는다.
그렇게 얼마나 시간이 흘렀을까.
그는 자신의 마음이 그 칩에 머무는 것을 느낀다.
머릿속에서는 이미 종이 울리고 있다.
그가 돌아서자 주인은 잠시 날카로운 눈빛이 되더니
이내 평정을 되찾고는
진열대에서 칩을 꺼내 그의 앞에 놓는다.
그도 주인도 아무 말이 없다.
하지만 이미 두 사람은 서로의 말을 듣고 있다.
숙소에 도착한 그는 기억칩을 연결한다.

달을 향해 엎드리는 사람들.
수없이 몸을 일으켰다 굽히기를 반복하는 사람들.
달을 향해 풀어놓는 중얼거림은
점차 웅성거림으로 변하고
그 웅성거림은 점점 커져서
귀를 막고 싶은 소란이 된다.
그들의 몸은 점점 더 격렬하게 움직이고
그 시공간에 오직 달과 자신만이 있는 듯
무아지경에 빠져들고 있다.
그들의 눈은 점점 초점을 잃어가고
그들의 손은 점점 더 격하게 부딪히며
그들의 다리는 점점 더 심하게 꺾인다.
그들이 만들어내는 소음과 눈물과 침과 주문이
손에 닿을 듯하다.
하지만 정작 그들의 정념을 듣고 있는
커다랗고 하얀 둥근 달은
무심하게 그들을 내려다보고 있다.
그리고 조금 떨어진 곳에서
그들을 바라보는 한 사람이 있다.

조금은 암담해 하는 듯
조금은 당혹해 하는 듯
조금은 역겨워하는 듯
그들을 바라보는 남자의 뒷모습.
그 때 지란의 머릿속에
수많은 종들이 울리기 시작한다.
마치 그의 기억을 일순간에
모두 깨워버리려는 듯
수많은 종들이 울리기 시작한다.

그리고 드디어 지란은
그곳의 기억을 떠올린다.
다가오지 않은 시간의 기억.
이제 그가 갖게 될 기억.
그 누구도 경험하지 못 할 그만의 기억.
지란은 마음속 깊은 곳에서부터 터져 나오는
눈물의 의미를 미처 알지 못한 채
점점 더 격렬한 울음 속에
잠겨 버린다.

글·낭독	**신린**
Text & Reciting	**Xiinlyn**
신화, 민담, 전설 등 이야기에 관심이 많은 사람이다.	
이야기 속에는 인류의 보편적 가치와 철학	
그리고 현세 인류가 알지 못하는	
비밀이 숨어 있다고 생각한다.	
〈갈리아리의 꿈 Galliari's Dream〉은	
신린의 이야기에 대한 상상에서 시작되었다.	

제목	갈리아리의 꿈
글 낭독·표지 일러스트	신린
기획·진행	멜팅포트 에디토리얼 디렉터　천수림
편집장	송지유
편집부 인턴	황나금
디자인·편집	스팟서울 북스튜디오
발행일	초판 1쇄 2025년 4월 15일
발행인	차승연
발행처	블루핀커뮤니케이션
주소	서울시 성미산로 70(성산동239-20) 영화빌딩 1층
문의	bluefincom@gmail.com
	mportteam@gmail.com
	Instagram : bluefincom_books
출판 등록	2022년 10월 13일(제2023-000198)
Copyright	ⓒ 2025 블루핀커뮤니케이션
	블루핀커뮤니케이션이 이 책에 관한 모든 권리를 소유합니다. 본사의 동의 없이 이 책에 실린 글과 낭독, 표지 일러스트 및 모든 디자인을 사용할 수 없습니다.
ISBN	979-11-985874-5-9 (00800)

가격	12,000원